Et si j'étais un super héros ?

Catherine Lacoste
Illustrations de Marlène Junius

Et si j'étais un super héros ?

RAGEOT

À ma douce amie Véronique.

Cet ouvrage a été imprimé sur un papier
issu de forêts gérées durablement,
de sources contrôlées.

PEFC/10-31-1316

Couverture : Marlène Junius.

ISBN : 978-2-7002-4766-4
ISSN : 1951-5758

Si j'étais Superman

Je m'appelle Nathan Capitaine et je trouve que c'est un nom un peu banal. Moi, j'aurais préféré m'appeler Superman, pour avoir tous ses super pouvoirs, parce qu'alors ma vie serait plus facile.

Pour commencer, il me faudrait une super vitesse. Par exemple, quand maman me demande de prendre ma douche alors que je suis en train de jouer sur ma console, je lui réponds : « Oui, dans deux minutes. » Mais, pour une raison que je ne m'explique pas, elle s'énerve toujours : « Ce n'est pas dans deux minutes, c'est maintenant. »

En général, je grappille quelques secondes car je suis en pleine action et maîtriser un ennemi au péril de sa vie demande de la concentration.

Je l'ai déjà expliqué à maman mais elle ne comprend pas. Finalement, elle hurle : « Nathan, la douuuuche ! » et quand elle hurle, croyez-moi, il vaut mieux obéir.

Je lâche ma console et je file à la salle de bains en râlant parce que, fatalement, j'ai laissé échapper mon adversaire. Alors que si j'avais une super vitesse, l'eau aurait à peine le temps de couler que je serais déjà lavé et en pyjama. Je retournerais à mon combat sans que mon adversaire ait eu le temps de s'apercevoir de mon absence.

Ce qui me serait utile aussi, ce serait de pouvoir voler dans l'espace. Je n'aurais plus besoin d'attendre les grandes vacances pour voir mon père qui vit aux États-Unis depuis le divorce.

Il me suffirait de tendre le bras pour m'envoler et traverser l'océan Atlantique. Je pourrais manger des hamburgers, aller au cinéma en plein air, discuter avec lui sans le déranger. Quand je l'appelle au téléphone, j'oublie toujours le décalage horaire. Parfois je le réveille en pleine nuit, d'autres fois je l'interromps pendant une réunion. La plupart du temps, je tombe mal. Si j'étais Superman, j'arriverais toujours au bon moment.

J'en profiterais aussi pour faire un détour par Aix-la-Chapelle en Allemagne où vit ma grande sœur Anna depuis le mois de septembre. Elle est partie étudier là-bas. J'ai regardé sur une carte, c'est juste à côté de la frontière, à trois heures de Lille où j'habite.

Ça me fait drôle qu'elle ne vive plus chez nous. Ce n'est pas qu'on s'entende bien mais, avec Anna, il y avait toujours du bruit dans l'appartement et quand maman n'est pas là, cela me rassurait.

Ma mère est visiteuse médicale. Elle rend visite à des tas de médecins avec lesquels elle discute de médicaments ou de nouvelles molécules. Souvent, elle est obligée de partir tôt ou de rentrer tard car elle a des rendez-vous super importants.

Ces jours-là, je traîne dans ma chambre, je joue sur ma console ou je bouquine sur mon lit. Ce que j'aime pardessus tout, c'est mes revues de super héros. Je peux y passer des heures sans me lasser. Maman râle un peu. Elle trouve que ça m'isole et qu'il y a des choses plus importantes à faire.

Si j'avais une super oreille, je pourrais l'entendre dès qu'elle franchit le seuil de la porte de l'immeuble. Je sauterais de mon lit, me mettrais à mon bureau pour faire semblant de travailler. Maman serait contente de voir que je prends mon avenir au sérieux.

Je suis d'après les maîtresses un élève moyen. Pourtant je travaille et je suis sage en classe. Mon problème, paraît-il, c'est que je manque de confiance en moi.

Quand il faut répondre aux questions, j'hésite, je rature, je mets du blanc et j'attends que ça sèche. Une fois que c'est sec, je ne me souviens plus de ce que je voulais écrire. Et je dois recommencer.

Lorsque la maîtresse annonce « C'est terminé », j'ai répondu à la moitié des questions. Alors je mets plein de trucs en vitesse au hasard, mais sur mes copies le hasard ne fait jamais bien les choses.

Je crois que mon niveau scolaire inquiète mes parents. C'est pour cette raison qu'ils ont décidé de me changer d'école et de m'inscrire en CM2 à l'école Gambetta, une école très réputée.

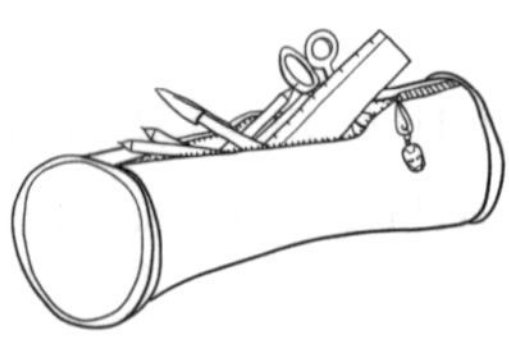

Dès la première semaine, la maîtresse a convoqué ma mère. Elle lui a expliqué qu'il fallait revoir ma méthode de travail. Elle lui a donné des pistes : rédiger des fiches, relire les cours en rentrant et puis surtout elle lui a dit : « Nathan doit avoir plus confiance en lui. » Tous ces conseils, moi je trouve qu'ils ne servent pas à grand-chose.

Vous voyez, ce qui serait vraiment efficace, ce serait une bonne vision laser comme celle de Superman. Discrètement, je lirais les réponses de Gaspard.

Gaspard, toute la classe est d'accord pour reconnaître que c'est le meilleur élève, mais ce n'est pas le plus généreux.

Pendant les évaluations, il écrit complètement recroquevillé et il pose sa main gauche sur sa copie pour que personne ne puisse copier sur lui. Au début de l'année, comme je ne connaissais personne, je m'étais assis à côté de lui. J'avais passé tout le temps d'un devoir à tenter de lire sur sa feuille. À la fin, mes yeux me piquaient et en plus j'ai eu la pire note de mon existence. Je lui en veux encore à Gaspard.

Alors, vous pensez, avec ma vision laser, il aurait beau protéger ses réponses, rien ne m'échapperait.

Ce ne serait pas vraiment tricher, ce serait juste pour me rassurer. Je deviendrais un bon élève. Et ma maîtresse serait tellement contente de voir que ses conseils ont été bénéfiques qu'elle ne se douterait de rien.

Vraiment, plus j'y pense, plus je me dis que des super pouvoirs ça me simplifierait la vie.

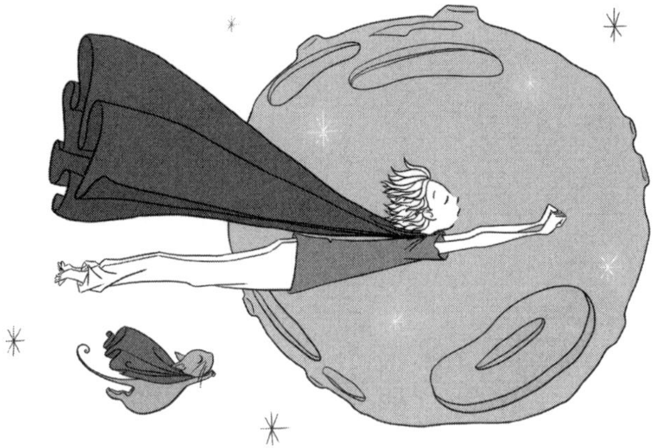

Ou alors Diablo ?

Mon père m'a abonné à des tas de magazines de super héros. Quand j'étais petit, c'est lui qui me les lisait. Il adore Captain America, celui qui a reçu le traitement du sérum de super soldat.

Pour lui, c'est le héros idéal, le plus fort, le plus intelligent, le plus rapide. Il m'a même donné le costume que mamie lui avait cousu quand il était enfant. Il est très abîmé et trop petit pour moi.

De temps en temps, quand mon père me manque, je le sors de mon armoire et ça me fait du bien.

Depuis qu'il est parti aux États-Unis, mon père m'envoie régulièrement des figurines de mes héros. J'ai commencé la collection il y a trois ans et j'en ai déjà cinquante-cinq. Je les ai disposées sur les étagères qui entourent mon lit et, certains soirs, je passe les troupes en revue.

Parfois, j'appelle papa et je lui raconte les dernières histoires que j'ai lues dans mes illustrés, parce que lui, il n'a plus trop le temps. On discute des pouvoirs de mes super héros. Il n'en démord pas, le meilleur c'est Captain America.

Moi j'aime mieux Spider-Man et les X-Men. Dans leur groupe, celui que je préfère, c'est Diablo. C'est vrai qu'il n'est pas très beau. Il a une fourrure bleu-noir sur l'ensemble du corps, des yeux jaunes, des oreilles pointues et une queue toute pointue aussi.

Mais côté pouvoirs, il a exactement ce qu'il me faut : une agilité surhumaine, la capacité de voir dans le noir, de devenir invisible et de se téléporter. Il a découvert qu'il possédait ces dons quand il est devenu adolescent.

Ça tombe bien, parce qu'il paraît que j'approche de l'adolescence et puis je n'aime pas trop mes oreilles.

Je les trouve trop grandes par rapport au reste de mon visage. En plus, elles sont légèrement décollées. On ne voit qu'elles. Quand mes cheveux sont assez longs pour les cacher et qu'ils tombent sur mes yeux, j'estime que je suis parfait.

Bien sûr, c'est toujours ce moment que maman choisit pour m'emmener chez le coiffeur. J'ai beau la supplier, je finis toujours par me retrouver assis sur un fauteuil du salon de coiffure.

Je boude, j'ignore la coiffeuse et, lorsqu'elle coupe mes mèches, je grimace. Et de nouveau, on ne voit plus que mes oreilles. Maman m'assure qu'elles sont très jolies, que je suis très beau. Moi, pour me consoler, je me dis que mes oreilles sont le signe que ma transformation débute. Après tout on ne sait jamais. Le soir, en m'endormant, je fixe les affiches de mes héros accrochées sur les murs de ma chambre et je pense très fort à ma future mutation.

Chaque matin, au réveil, je procède à une inspection. Juste au cas où... J'examine toutes les parties de mon corps, je vérifie la couleur de mes yeux et le nombre de mes doigts, j'observe l'évolution de ma pilosité. Ensuite je fais une petite série d'exercices.

D'abord j'essaie de soulever mon lit d'une main.

Puis j'essaie de percer le mur du regard pour voir si le petit-déjeuner est prêt.

J'écoute attentivement les bruits qui viennent des appartements voisins.

Et parfois je tente une téléportation dans la cuisine.

Jusqu'à présent, ça n'a pas marché mais je ne désespère pas.

Un réveil difficile

Aujourd'hui, la journée a mal commencé. Cela arrive parfois quand, la nuit, j'ai rêvé que je volais au-dessus de la ville.

J'aime bien voler, prendre de la hauteur et dominer le monde. Je décolle et doucement je m'élève, mon cœur s'accélère, enfin je dépasse les toits, mon cœur s'emballe. Du regard j'enveloppe les lumières de la ville. Je choisis ma vitesse.

Je vole lentement pour mieux observer les gens qui marchent, ils ont l'air de petites fourmis s'affairant dans tous les sens ; je vole rapidement pour goûter le vent sur mon visage, me sentir puissant. Je ne crains plus rien. Je suis bien.

Quand je me réveille, pendant quelques secondes je me dis « Ça y est, je suis enfin devenu un super héros ». Mais après mes exercices, je constate que je n'ai toujours pas de super pouvoirs. Il y a des jours où je réussis à rester motivé et d'autres où je me sens abattu comme ce matin. Et dans ces moments-là, je ne peux en parler à personne.

Une fois, j'ai confié à maman que j'attendais ma mutation. Elle a levé les yeux au ciel.

– Enfin, Nathan, tu dis n'importe quoi ! Personne ne peut devenir un super héros. Tous ces personnages sont i-ma-gi-nai-res (elle avait détaché chaque syllabe en articulant. Elle fait toujours ça quand elle pense que je ne comprends pas.) Continue et je te supprime tes abonnements.

Et elle est partie en grommelant contre papa qui m'avait mis ces bêtises dans la tête. Depuis, je n'en parle plus avec elle, parce que je ne veux pas qu'elle me prive de mes magazines et que je suis triste quand elle rouspète contre papa.

Ce matin, donc, je n'étais pas en très grande forme. En plus, j'étais seul. J'ai trouvé un mot sur la table de la cuisine :

Suis partie pour une réunion sur Paris.
Rentrerai sans doute tard ce soir.
Ne m'attends pas. Il y a des lasagnes
au congélateur. Bisous.

Je n'aime pas être seul dès le début de la journée. Maman dit que ça me responsabilise, que ça me prépare à mon entrée au collège mais parfois je préférerais être encore un petit garçon. En plus, quand elle n'est pas là, je traîne et je finis par arriver en retard à l'école.

Depuis la rentrée, j'ai eu six mots dans mon cahier pour retard et nous ne sommes qu'au mois d'octobre.

C'est plus fort que moi. Quand je suis tout seul, je prends mon petit-déjeuner en regardant le DVD de Spider-Man parce qu'il n'y a que lui pour me remonter le moral.

Et quand je regarde l'heure, il est déjà trop tard. Alors je cours jusqu'au métro. Parce qu'évidemment, pour me simplifier la vie, l'école Gambetta n'est pas située dans mon quartier. Il faut prendre le métro et ensuite marcher longtemps.

Si je pouvais me téléporter, je déjeunerais tranquillement et il suffirait de penser à l'école pour m'y retrouver.

Je n'aurais plus à passer au bureau du directeur pour avoir un billet de retard, à frapper à la porte de la classe et à entrer sous le regard de tous les élèves en bafouillant mon excuse. Oui, vraiment la téléportation, ce serait l'idéal.

Seulement voilà, ce matin, je me suis encore fait piéger. J'ai couru jusqu'à la station de métro. La rame est partie devant moi, ce qui m'a obligé à attendre. Je suis arrivé très en retard à l'école.

Ce n'était pas le pire. Quand je suis entré dans la classe, un groupe de garçons a éclaté de rire. J'avais oublié d'enlever mon tee-shirt Spider-Man, celui que je mets pour dormir.

Un accident heureux

Pour tout vous dire, à ce moment-là, j'ai regretté de ne pas avoir le pouvoir de devenir invisible. Parce que si j'avais eu ce don, je me serais volatilisé. Et j'en aurais aussi profité pour renverser discrètement le cartable de Gaspard qui me montrait du doigt avec son air de premier de la classe. Mais ça, ça reste entre nous.

À la place, j'ai marmonné quelques mots pour me justifier et je suis allé m'asseoir à ma table en regardant mes pieds, pendant que la maîtresse me faisait remarquer que c'était la deuxième fois de la semaine que j'arrivais en retard.

Toute la matinée, j'ai bien vu qu'on riait dans mon dos. Gaspard s'était chargé de répandre l'information. Il parlait aux uns et aux autres en me désignant du regard. Il faut vous expliquer que mon tee-shirt ne passe pas inaperçu. Il est rouge fluo avec un énorme Spider-Man sur le devant et une toile d'araignée dans le dos. Comme il est trop petit, je suis tout boudiné dedans. Je dois avoir l'air un peu ridicule.

Alors quand j'ai vu Emma s'approcher de moi, j'aurais voulu disparaître et rentrer vite à la maison. Emma est une des copines de Gaspard. Il y en a qui prétendent qu'il est amoureux d'elle. J'espère qu'ils se trompent car moi je la trouve jolie mais, jusqu'à présent, je n'ai pas osé lui parler.

– Dis donc, tu sais que ce n'est pas carnaval aujourd'hui?!

Elle se tenait plantée devant moi, attendant une réponse. Je ne savais pas trop quoi répondre. Je n'ai jamais eu beaucoup de répartie. Je me suis pincé les lèvres le plus fort possible en regardant mes pieds. Devant mon silence, elle est repartie en me laissant avec mes regrets.

À midi, toute l'école était au courant ! Pourtant, j'avais gardé mon blouson fermé jusqu'au col pendant le reste de la matinée. Mais Gaspard avait bien travaillé. Certains élèves m'avaient même rebaptisé « Pyjama-Man ».

Heureusement pour moi, à la cantine, Jérémy, un garçon de ma classe, a renversé son plateau. Ça a fait un bruit énorme. Son assiette pleine de purée s'est envolée pour s'écraser dans un grand fracas quelques mètres plus loin. Le problème, c'est qu'elle a atterri sur les chaussures du directeur, M. Modini. Il est devenu rouge cramoisi et a foudroyé Jérémy du regard.

– Il semble que vous ayez deux mains gauches, jeune homme ! a-t-il déclaré en essayant de rester imperturbable.

– Je ne l'ai pas fait exprès, monsieur, a bredouillé Jérémy.

Je crois qu'il a mis au moins une bonne demi-heure pour tout nettoyer. Le truc qui est bien, vous voyez, c'est que plus personne ne pensait à mon tee-shirt. Tout le monde parlait de « l'affaire Jérémy ». Ce n'est pas si souvent qu'un élève réussit à éclabousser les chaussures du directeur sans avoir de punition.

J'en ai profité pour m'éclipser. Je voulais envoyer un texto à maman. Quand je n'ai pas le moral, je lui envoie un petit message. Et ce qui est bien avec ma mère, c'est qu'elle adore les textos et qu'elle me répond toujours. Seulement le règlement de l'école est très strict à ce sujet : interdiction d'utiliser les portables dans l'école.

Je me suis caché dans un coin de la cour à l'abri des regards. J'ai vérifié que personne ne m'observait et j'ai écrit : « Dur, dur, ce matin. Et toi, ça va ? Bisous. » Je n'ai pas pu attendre sa réponse, la sonnerie retentissait déjà.

Un acte de courage

Ma maîtresse, Mme Placet, n'est pas très gentille. Pour tout vous dire, je pense que je n'ai jamais eu de maîtresse aussi méchante. D'après maman, c'est une personne exigeante et c'est une bonne chose. Moi, je trouve juste qu'elle est désagréable. Elle râle toujours.

Il n'y a que Gaspard pour l'apprécier. En plus, elle a un sacré problème : elle louche.

Au début de l'année, comme elle ne connaissait pas nos prénoms, elle nous interrogeait du regard. Certains élèves de ma classe en profitaient pour s'amuser et répondre à la place du voisin. À chaque fois, elle les reprenait :

– Non, pas toi, ton voisin !

– Ah ! je croyais que c'était moi que vous regardiez !

On pouffait plus ou moins discrètement. Cela énervait Mme Placet qui se mettait à hurler. Lorsqu'elle crie, elle devient toute rouge et les traits de son visage se déforment. On dirait une sorcière.

Le pire, c'est quand elle parle anglais. Elle exagère les mouvements de sa bouche pour qu'on ait le bon accent.

Elle ressemble à un poisson. Il m'arrive parfois de l'appeler intérieurement « la Rascasse », vous savez, ce gros poisson aux yeux globuleux.

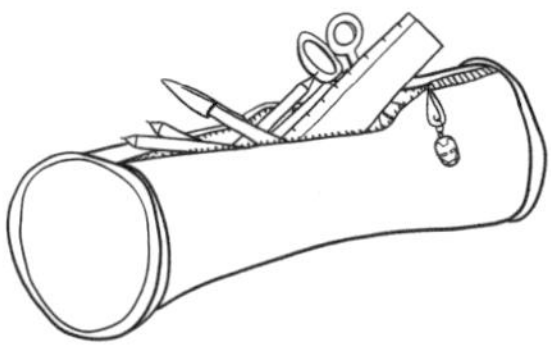

Depuis le nouveau plan de classe, je suis assis à côté de Jérémy. Il était encore pâle et se remettait de ses émotions du midi.

La maîtresse a interrogé :

– Est-ce que tu peux me conjuguer le verbe faire à l'imparfait, deuxième personne du pluriel ?

Puis elle a regardé dans notre direction.

– Toi, là ?

Je crois bien qu'elle visait Jérémy, et je suis sûr que Jérémy ne connaissait pas la réponse parce que le français, il n'aime pas. Il préfère le sport.

D'habitude, je n'ose pas répondre à la place de mon voisin, j'ai bien trop peur. Seulement là, je pensais à ce qui s'était passé à la cantine ce midi. L'accident de Jérémy m'avait permis de me faire oublier. Je lui devais bien ça.

– Vous fairiez, j'ai répondu en tremblant.

– Vous fairiez ? Mais non ! Et puis, c'est ton voisin que j'interroge.

– Excusez-moi, je croyais que c'était moi que vous regardiez, ai-je poursuivi avec courage.

Là, comme d'habitude, la classe a rigolé.

Le visage de la Rascasse a viré au violet et elle a crié :

– Non seulement tu arrives en retard, tu perturbes la classe, tu ne connais pas tes conjugaisons mais en plus, tu te permets de me répondre. Donne-moi ton carnet de correspondance immédiatement.

Ça m'a fait un choc. Je lui ai tendu mon carnet.

Elle l'a saisi et a ajouté :

– Tu viendras me voir à la fin du cours.

Puis elle a repris la leçon comme si rien ne s'était produit.

Moi, j'étais bouleversé par ce qui venait de se passer. C'était la première fois que je tenais tête à une maîtresse. Je me sentais tout drôle.

J'avais les mains qui tremblaient, le cœur qui battait super vite. J'avais soudain très chaud. Je voyais les lèvres de la maîtresse bouger mais je n'entendais pas sa voix. Tout ce qui m'entourait me paraissait lointain.

Je me suis demandé si la transformation en super héros n'était pas en train de se réaliser. Après tout, je venais de commettre un acte de bravoure. Il fallait absolument que je fasse ma série de tests. C'était compliqué de contrôler mes super pouvoirs en classe mais j'étais trop impatient de vérifier l'état d'avancement de ma métamorphose.

J'ai attendu que Mme Placet tourne le dos pour écrire la leçon au tableau. J'ai fermé les yeux, me suis concentré très fort pendant plusieurs minutes pour visualiser ma chambre et j'ai tenté la téléportation. Quand je les ai ouverts, ma vue était brouillée et j'étais encore assis à ma place dans ma classe.

Je devais essayer autre chose. J'ai mis mes deux index sous la table et j'ai poussé très fort. J'avais mal, très mal aux doigts, mais la table n'a pas bougé. J'ai soupiré de déception. Jérémy m'a chuchoté :

– Qu'est-ce que tu fais?

– Rien, j'ai répondu.

Je ne pouvais quand même pas lui avouer que j'expérimentais mes super pouvoirs.

– En tout cas, merci pour ton aide. T'as été cool.

C'était la première fois qu'on me disait que j'étais cool. J'ai trouvé cela bizarre.

La cloche a retenti. La journée était enfin terminée. Les élèves se sont rués vers la sortie. Moi, j'ai rangé doucement mes cahiers, le plus dur restait à faire : récupérer mon carnet de correspondance. Jérémy m'a glissé :

– Bonne chance !

Et il est parti.

Je me suis retrouvé seul avec Mme Placet. Elle m'a examiné avec insistance et là il n'y avait aucun doute sur qui elle regardait.

– Nathan Capitaine, a-t-elle commencé, ton comportement est inadmissible. Et s'il n'y avait que ça ! Tes notes baissent de plus en plus, c'est inquiétant. Je vais devoir convoquer ta mère.

Ça, ça m'embêtait vraiment. Parce que maman, avec son travail, elle n'a pas beaucoup de temps à consacrer à l'école. J'ai pris mon courage à deux mains et je lui ai proposé :

– Je préférerais une punition, madame, pour progresser.

– Voilà une attitude positive. Eh bien, tu me conjugueras à tous les temps de l'indicatif : « Je ne dois pas me montrer insolent avec la maîtresse. » Pour demain. Signé par tes parents.

Puis elle m'a tendu mon carnet. J'ai pris mes affaires et j'ai couru pour ne pas louper la sortie.

Dans la rue, j'ai regardé mon portable. Il y avait un message de maman : « Courage, Nathan. À ce soir. » Cela m'a redonné le sourire.

Sur la route, je songeais aux sensations que j'avais eues en classe. Plus j'y réfléchissais, plus je pensais à Peter Parker. Vous savez, celui qui est devenu Spider-Man. Sa mutation avait commencé par des tremblements, des grosses sueurs. J'étais peut-être tout près de devenir un super héros…

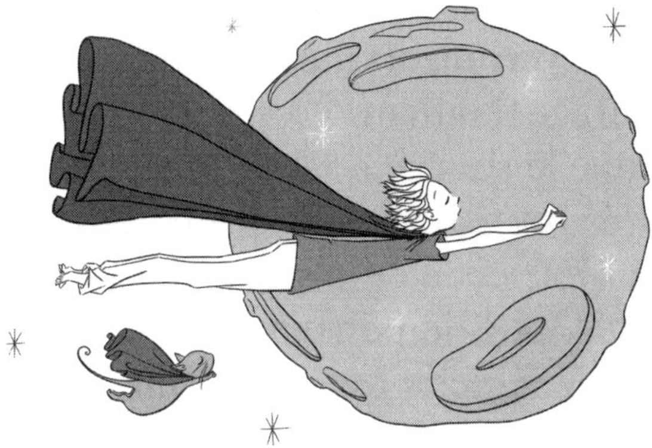

Fredo

J'aime bien flâner en ville avant de rentrer à la maison. Souvent, je passe à la librairie, celle de la grand-place. Je feuillette les magazines. Et quand il y a beaucoup de monde, je m'assois dans un coin et je bouquine.

Parfois, le vendeur me fait une réflexion : « Ce n'est pas une bibliothèque ici. Si tu es intéressé, il faut acheter ! » Mais aujourd'hui, j'ai de la chance, le vendeur c'est Natacha.

– Salut Nathan. Belle journée ?
– Pas terrible. Il y a du nouveau ?
– Oui. Regarde là-bas. Un numéro spécial Spider-Man !

Elle m'a adressé un petit clin d'œil. C'est notre code pour qu'elle m'autorise à lire à condition d'être discret.

Pendant un moment, j'ai oublié mes soucis. L'homme araignée, il est vraiment cool. En plus, il est drôle. J'en étais arrivé au moment où il affrontait le Vautour dans un combat aérien quand Natacha m'a rejoint.

– Eh, tu as vu l'heure ? Tu devrais quand même rentrer chez toi.

Mince ! Elle avait raison, Natacha. Il y avait déjà une bonne demi-heure que j'étais là. J'avais une tonne de devoirs plus la punition, je devais partir.

En même temps, je n'étais pas pressé de me retrouver seul à la maison. Il faisait beau. J'ai décidé de m'arrêter au petit square juste à côté de chez moi.

À peine arrivé, j'ai jeté mon cartable par terre et j'ai sauté sur le filet à grimper près du toboggan. J'essaye d'avoir des gestes souples et agiles. À force d'entraînement, j'espère que je deviendrai aussi rapide que Spider-Man.

J'étais arrivé en haut quand j'ai entendu :

– Eh, p'tit gars ! T'as battu ton record ?

C'était Fredo. Fredo, le clodo, comme il dit. Il traîne souvent là sur un des bancs. C'est sa résidence secondaire, comme il l'appelle. Ça me fait rire. Je suis allé le rejoindre. Il a poussé ses sacs qu'il trimballe partout et je me suis assis à côté de lui.

Les mamans et les baby-sitters du square m'ont regardé bizarrement. Elles, elles ne veulent pas que leurs enfants tournent autour du banc de Fredo et lui parlent, même si elles reconnaissent qu'il n'est pas méchant.

Mais moi, Fredo, j'ai le droit de lui parler. Maman m'explique toujours que je ne dois pas parler aux inconnus. Sauf que Fredo, vous voyez, ce n'est pas un étranger. Maman et moi, on le connaît depuis qu'on vit dans ce quartier. En fait, il s'appelle Frédéric. Lui il préfère Fredo, ça rime avec clodo.

– Alors, c'était comment aujourd'hui ? Raconte.

– Bah ! C'était vraiment pas terrible.

– Pour moi, pareil, mais raconte quand même.

Je lui ai déballé ma journée : le retard, le tee-shirt, la punition. Fredo, c'est le seul, avec maman, qui connaît mon secret ; sauf qu'à lui, je peux confier tout ce qui me passe par la tête. Il ne me juge jamais.

Je parlais, je parlais, je n'arrivais plus à m'arrêter.

– Tu vois, j'avais super chaud, comme si j'étais dans un four ou dans une voiture qui est restée en plein soleil, et je tremblais. Tu ne peux pas savoir comme je tremblais. Mais j'ai fait tous les tests, tu sais ceux que je fais le matin, et rien. Rien de rien.

Fredo m'écoutait attentivement et hochait la tête de temps en temps.

– Tu penses que je deviendrai un super héros un jour ? j'ai soupiré en reniflant.

– Peut-être ! On ne sait pas. La vie réserve des surprises, mais parfois il faut aussi provoquer la chance.

Et il m'a tapoté la main pour me donner du courage.

– Tiens, il me reste un carré de chocolat. Prends, c'est bon pour le moral, paraît-il !

– Merci. Et toi, c'était comment ?

– Rien d'important, la routine.

Frédéric, il n'aime pas trop parler de lui. Il dit qu'il n'a rien d'intéressant à raconter.

Je ne sais pas comment il est arrivé dans ce square. Une fois, je lui ai demandé ce qu'il faisait avant, s'il avait un travail. Mais il trouve que c'est trop difficile d'évoquer sa vie d'avant, qu'il a laissé son passé derrière lui. Alors je ne lui pose plus de questions.

Je lui parle de mes super héros, je lui décris mes journées. Lui, ce qu'il préfère, c'est écouter. Et parfois, comme aujourd'hui, on reste assis en silence pendant plusieurs minutes, à grignoter du chocolat.

Un passé simple très compliqué

– Dis donc, mon gars, ta punition ne va pas se faire toute seule ! s'est exclamé Fredo au bout d'un moment.

J'ai poussé un gros soupir.

– Je n'ai pas le courage.

– Allez, sors tes affaires. Je vais t'aider. On va voir si Fredo sait encore conjuguer !

J'ai sorti mes feuilles, ma trousse. Je lui ai lu la phrase à conjuguer : « Je ne dois pas me montrer insolent avec la maîtresse ». Fredo a ri.

– Pas très originale, la Rascasse ! (Fredo et moi, on aime bien appeler la maîtresse comme ça. D'ailleurs, c'est lui qui a eu l'idée de ce surnom.) Il me semble bien que j'avais déjà la même chose à ton âge !

J'ai du mal à imaginer que Fredo a été un enfant comme moi.

On a attaqué ma punition. Fredo, il est super doué en conjugaison. Il sait tout, enfin presque. Quand on est arrivés au passé simple, les choses se sont compliquées. Pour tout vous avouer, moi, je n'avais aucune idée. J'avais déjà eu beaucoup de mal avec l'imparfait alors, vous pensez, le passé simple… Et pour lui, c'était pareil, il bloquait.

– Ben mince, mon gars. Pas moyen de me rappeler ce p… de passé simple !

Fredo, des fois, il dit des gros mots. Je ferme mes oreilles et je fais semblant de ne pas avoir compris car mes parents ont horreur des gros mots.

– Ce n'est pas grave, j'ai grommelé. On n'a qu'à pas mettre le passé simple.

– Ça, non, a assuré Fredo. On ne va pas se laisser em…

Il allait encore dire un gros mot. Mais je l'ai regardé avec des yeux ronds. Il s'est repris juste à temps.

– On ne va pas se laisser abattre. Et si tu ne mets pas le passé simple, la Rascasse, crois-moi mon gars, elle ne te lâchera pas.

– C'est rien, je le ferai à la maison ce soir.

– C'est rien, c'est rien, moi ça m'énerve. Le passé simple, ça m'a toujours énervé !

Et il s'est levé. Il s'est dirigé vers le banc d'à côté. Il y avait un papa qui lisait son journal. C'est le seul papa du square.

Il ne parle jamais à personne. Quand il a vu Fredo s'avancer, il s'est plongé dans son journal. Fredo a marmonné un peu mais il l'a laissé tranquille. Il a marché vers le groupe de mamans qui discutaient en surveillant leurs enfants.

– Excusez-moi, mesdames, a-t-il commencé en s'inclinant légèrement, avec le gamin là-bas, on cherche le passé simple du verbe devoir. Pas moyen de s'en souvenir.

Croyez-moi, la demande de Fredo les a scotchées. Il y a eu un silence. Et puis Franceline, la mère du petit Louis, qui habite dans mon immeuble, a donné la solution :

– Je dus, tu dus, il dut, nous dûmes, vous dûtes, ils durent.

– Ah ! ouais. P'têt ben que ça me rappelle quelque chose.

Il a refait le chemin dans ma direction. Franceline lui a crié :

– Il y a un accent circonflexe sur le u de « dûmes » et de « dûtes » !

– T'as entendu ? T'oublieras pas l'accent circonflexe.

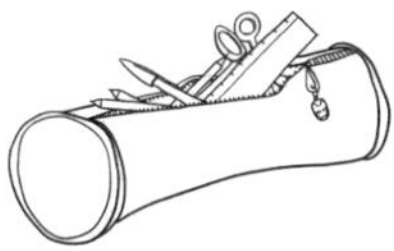

J'ai fini rapidement ma punition car je voyais bien que cette histoire de conjugaison l'avait fatigué. Les mamans avaient repris leur conversation, maintenant elles parlaient de nous. Et Frédéric, il n'aime pas qu'on l'observe.

– Voilà, j'ai fini.

– Super. Donne ton carnet, je vais le signer.

Fredo signe régulièrement mon carnet. Ça, maman ne le sait pas. Je n'aime pas lui mentir mais ça me rend service que Fredo signe, surtout quand elle rentre tard. Et puis, lui, ça lui fait plaisir. C'est notre secret.

Les mamans quittaient le square avec leurs enfants car la nuit commençait à tomber. Il était temps que je rentre.

J'ai rangé mes affaires. Ça me fait toujours bizarre de laisser Fredo seul sur son banc, mais maman ne serait vraiment pas d'accord si je l'invitais à la maison.

– Bon, ben… salut.

– Salut, p'tit gars. À plus tard.

– Merci pour les conjugaisons !

– C'est rien. File !

Et je suis parti. Je l'ai entendu me crier :

– Il est vachement cool ton tee-shirt !

Une étrange expérience

Quand je suis rentré à la maison, je me sentais beaucoup mieux que ce matin. Surfer d'argent, mon chat, est venu m'accueillir en se frottant contre moi. Je lui ai donné ce nom parce qu'il est gris comme le héros ami des Quatre Fantastiques, vous savez, celui qui est immortel, qui ne connaît ni la fatigue ni la faim.

Mais mon chat n'a aucun de ses super pouvoirs : il dort presque tout le temps et il a toujours faim.

J'ai versé des croquettes dans sa gamelle et j'ai goûté en le regardant manger.

J'ai repensé à ce que m'avait suggéré Fredo à propos de la chance. Provoquer la chance, qu'est-ce qu'il voulait dire ?

Peut-être que j'attendais trop que les super pouvoirs me tombent dessus... C'est vrai que je ne faisais pas grand-chose pour devenir un super héros. Captain America, lui, avait pris des risques. Mais moi, quels risques je pouvais prendre ?

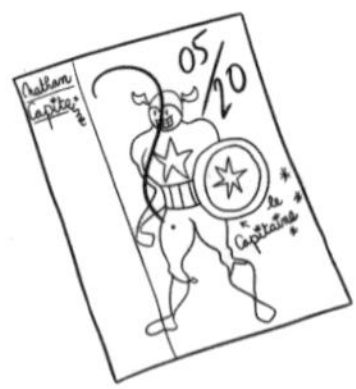

J'ai repris mes revues et les fiches que je tiens sur mes super héros. Pour chacun, je note leur histoire, leur pouvoir, leur faiblesse. Par exemple, Iron Man, c'est son armure qui lui donne une force supérieure. Seulement voilà, comment voulez-vous que je fabrique une armure haute technologie ? Ou alors je pourrais suivre l'exemple de Human Torch en m'exposant à des rayons cosmiques intenses mais je ne sais pas encore me déplacer dans l'espace intergalactique.

J'ai cherché le numéro 1 de Spider-Man et j'ai relu très attentivement le passage où l'araignée pique Peter Parker. Ce n'était pas une simple araignée. Elle avait été exposée à une grande quantité de radioactivité et ça, ça me laissait perplexe. Où trouver un élément radioactif dans l'appartement ?

Mon regard s'est arrêté sur le micro-ondes. J'ai pensé à ce que dit toujours maman : « Tu n'utilises le micro-ondes qu'exceptionnellement et tu ne restes pas à côté quand il fonctionne. Les ondes, on ne sait pas ce que ça donne pour la santé ! » Maman, elle est comme ça. Elle se méfie des technologies.

Elle a posé des règles : ne pas rester à côté du four, ne jamais avoir son portable dans la poche, ne pas dormir à côté de l'ordinateur. C'est à peine si elle tolère le réveil près de mon lit.

Peut-être que les ondes du four suffiraient à me transformer en super héros ? Cela valait la peine d'essayer. D'abord, il me fallait une araignée. J'ai cherché dans l'appartement. Au plafond, dans les coins et sous les meubles. Rien, pas une seule araignée.

Avec de la chance, j'en dénicherais une dans le jardin de l'immeuble. J'ai pris une lampe torche, un pot de confiture vide et je suis sorti. J'ai fini par en découvrir une, suspendue dans un buisson, une grosse araignée toute velue.

J'aurais préféré une faucheuse, vous savez, celle qui a un minuscule corps et de longues pattes. Parce que là, rien qu'en la regardant j'avais des frissons partout. J'ai effleuré sa toile, elle a bougé le long de son fil, ça m'a fait sursauter. Il fallait que je me décide. Franceline venait d'ouvrir sa fenêtre.

– Tout va bien, Nathan ?

– Oui, oui, je ramasse des feuilles pour mon cours de sciences.

J'ai toujours le sentiment qu'elle m'espionne. Elle me met mal à l'aise. Je devais agir. J'ai respiré un grand coup, ouvert le pot de confiture et hop, j'ai enfermé l'araignée.

Mon cœur battait super vite. Je suis remonté quatre à quatre à l'appartement.

J'ai placé l'araignée dans le micro-ondes. Je l'ai mis en marche puissance maximale et, pendant qu'il tournait, je suis resté bien à côté, juste au cas où. Au bout de plusieurs minutes, quand j'ai ouvert le four, l'araignée avait l'air complètement sonnée.

Il fallait maintenant que je la prenne dans mes mains. Si je voulais que l'expérience réussisse, elle devait me piquer. Même si elle ne remuait plus, j'étais effrayé à l'idée de la toucher. Je transpirais. J'ai secoué doucement le pot. Aucune réaction. L'araignée ne bougeait plus. Elle était morte. Mon expérience était fichue.

Un voyage sur Krypton

Ce matin, quand je suis arrivé à l'école, Jérémy m'attendait en sautillant. Il porte souvent un maillot de foot et aujourd'hui il avait mis celui de l'équipe de France.

Jérémy est un garçon toujours en mouvement. Il passe son temps à dribbler avec un ballon imaginaire.

– Salut ! Alors qu'est-ce que tu as eu comme punition ? m'a-t-il demandé.

– Pas grand-chose, juste des conjugaisons.

On est partis se ranger sous le préau.

– T'as regardé le match hier ? a-t-il ajouté.

– Quel match ?

– France-Roumanie. C'était un match hyper important ! Des fois, on croirait que tu vis sur une autre planète !

– Peut-être bien, j'ai répondu en prenant un air mystérieux. Qui a gagné ?

– La France. C'était dur, mais on a réussi à marquer un but à la dernière minute.

À ce moment-là, Jules est intervenu. Jules, c'est le grand copain de Jérémy. D'après ce que j'ai compris, ils se connaissent depuis la maternelle. Ils forment une drôle de paire. Jules est blond et petit alors que Jérémy a les cheveux couleur corbeau et nous dépasse tous d'une tête. Mais pour ce qui est du foot, ils sont tous les deux pareils.

– T'as vu un peu la passe de Ribéry ? Incroyable !

Et ils sont partis dans une grande discussion sur les exploits de leurs footballeurs préférés. Jérémy et Jules sont incollables sur le foot, le nom des joueurs, les rencontres, les résultats. Ils passent leur temps à refaire les matchs.

Moi j'écoutais. On aurait dit que j'étais le seul, avec certaines filles, à ne pas avoir regardé la télé.

La maîtresse est arrivée et on est montés en salle informatique pour faire des sciences. Le jeudi, c'est notre journée scientifique et découverte du monde. Elle nous a annoncé qu'aujourd'hui, on allait étudier le système solaire.

– Quelle planète connaissez-vous ? a-t-elle questionné en regardant dans notre direction à Jérémy et à moi.

Une fois encore, je ne savais pas à qui elle s'adressait. Je n'osais pas fixer son regard. Je n'avais pas envie d'avoir une nouvelle punition. Je voyais bien que Jérémy rêvassait. Il devait revivre les actions du match d'hier soir.

– Toi, Jérémy, a-t-elle repris.

– Hein, quoi ? a sursauté Jérémy.

– Il devait être sur la lune, madame, a lancé Gaspard.

Mme Placet lui a jeté un regard amusé.

– Très bien, Gaspard ! Quel sens de la répartie !

Il s'est redressé sur sa chaise et a adressé à la classe une petite révérence. Décidément, celui-là il m'énerve…

– Fayot, a soufflé Jérémy. Moi je l'enverrais bien sur Mars !

On a repris le cours et découvert les planètes de notre système solaire. C'était super.

Mme Placet avait eu une bonne idée. Le système solaire s'animait sur l'écran de notre ordinateur et dès que l'on cliquait sur une planète, elle apparaissait en énorme.

J'avais la sensation de voyager dans l'espace. Je pensais à Superman qui pouvait se déplacer comme il voulait dans l'univers. J'aurais aimé être à sa place...

– Nathan, tu es sur quelle planète ? a interrogé la maîtresse.

– Krypton, ai-je lâché dans un soupir.

– Ah ! Ah ! Cette planète n'existe pas, a clamé Gaspard.

– Je... ai-je commencé, mais Mme Placet avait déjà pris la parole :

– Décidément Nathan, tu rêves beaucoup en ce moment. Il faut revenir dans le monde réel. Va au tableau, s'il te plaît.

Je me suis levé, les regards des élèves braqués sur moi. Gaspard riait. Quand je suis passé à sa hauteur, je l'ai entendu me murmurer :

– Pyjama-Man est un crétin !

J'ai senti la colère m'envahir. Si seulement cette fureur pouvait me transformer là, maintenant, en super héros pour le réduire en bouillie.

Au tableau, la maîtresse m'a demandé d'expliquer ce que j'avais retenu. Cela tombait bien parce que moi j'aime l'espace.

Pour une fois, je n'ai pas hésité. J'ai réussi à dessiner des schémas pour illustrer la rotation de la Terre sur elle-même et sa révolution autour du Soleil.

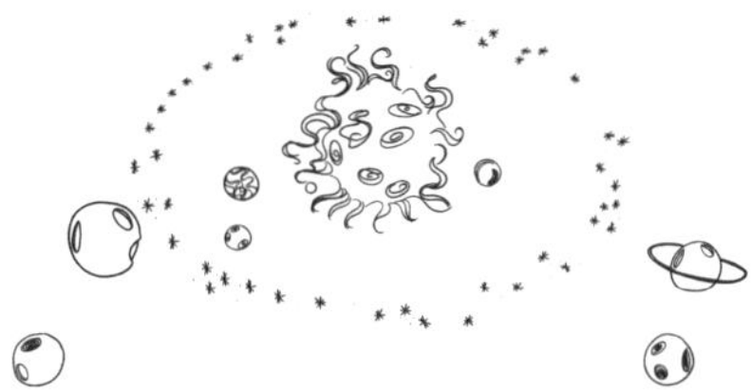

Toute la classe m'écoutait avec attention. La maîtresse aussi avait l'air contente. Mais quand il a fallu replacer les planètes dans le bon ordre, les choses se sont compliquées. Mme Placet a proposé que quelqu'un vienne m'aider.

À ma grande surprise, Emma a levé la main :

– Moi, madame !

Elle m'a rejoint au tableau. Emma me donnait son avis et j'étais bien obligé de lui parler. Ensemble, nous avons recréé le système solaire.

La maîtresse nous a remerciés et félicités pour notre travail et nous avons rejoint nos places.

– T'as assuré, mon pote, m'a chuchoté Jérémy

Personne ne m'avait jamais appelé « mon pote ». Ça m'a fait drôlement plaisir. Quand l'heure de la récréation est arrivée, je l'ai attendu pour descendre avec lui. Depuis la rentrée, c'était la première fois que je ne sortais pas tout seul.

Le club des 5

Aujourd'hui, maman m'a conduit à l'école en voiture. Pour tout vous avouer, mon réveil n'a pas sonné. J'ai entendu maman crier :

– Nathan, tu as vu l'heure ! Vite, fonce ! Je t'emmène !

Je n'ai pas eu le temps de déjeuner mais ce n'était pas le plus grave. Le plus grave, c'est que je n'ai pas pu effectuer mes tests. La journée s'annonçait mal.

Dès que nous sommes entrés en classe, Mme Placet nous a indiqué qu'elle allait nous distribuer nos rédactions. C'était un travail qu'on avait à rendre la semaine dernière. Il fallait rédiger le portrait d'une personne que l'on admirait particulièrement.

Moi, j'avais écrit le portrait de Captain America. Il a un costume qui ressemble au drapeau américain et, surtout, un bouclier indestructible. Ce que j'aime chez lui, c'est sa volonté. Il n'abandonne jamais, même quand les coups lui font mal.

J'avais lu ma rédaction à Fredo dans le square. Il avait trouvé que Captain America était un héros sympa mais beaucoup moins fort que Superman.

On avait passé un bon bout de temps à comparer leurs pouvoirs. Je n'avais pas réussi à le convaincre. Fredo est comme ça, il n'aime que Superman. N'empêche que j'étais super content de ma rédaction.

Alors, quand la maîtresse s'est approchée de moi, je ne m'attendais pas à sa remarque sévère :

– Nathan Capitaine, il s'agissait de réaliser le portrait d'une personne réelle avec ses qualités et ses faiblesses. Or ta rédaction est une longue liste de super pouvoirs ! En plus, il y a énormément de fautes d'orthographe. Tu feras signer ta copie par tes parents.

Elle m'a tendu ma copie. 5/20. Tout était gribouillé de rouge. Sur la dernière page, pour qu'elle comprenne mieux, j'avais dessiné mon héros. J'y avais passé beaucoup de temps. Elle l'avait barré d'un grand point d'interrogation. Ça m'a fait de la peine.

Elle s'est tournée ensuite vers Jérémy avec le même air grave.

– Et toi ! Ton travail est beaucoup trop rapide. Tu ne parles que de passes, de tirs, de buts, alors que je demandais d'évoquer la personne.

5/20 aussi. Jérémy m'a chuchoté :

– On n'a qu'à créer un club des 5/20.

Sur ma copie, la Rascasse avait mis une longue appréciation. On voyait bien qu'elle s'était énervée en corrigeant mon devoir. « Vous n'avez pas respecté la consigne. Le super héros est un personnage imaginaire et vous oubliez d'évoquer sa qualité principale : il est altruiste. »

Ça m'a laissé perplexe parce que je ne sais pas ce que « altruiste » signifie. Et je ne vois pas comment, moi, j'aurais pu oublier quelque chose à propos de Captain America. J'ai tout dit sur son histoire et sur ses pouvoirs. Surtout, ce n'est pas la maîtresse qui va me faire la leçon sur ce sujet. Qu'est-ce qu'elle peut bien connaître de Captain America ?

J'ai regardé Jérémy et je lui ai soufflé :

– Tu sais ce que ça veut dire « altruiste » ?

Il a eu une moue négative.

– Je ne sais pas. Laisse tomber. Elle ne comprend rien. En tout cas, il est super réussi ton dessin.

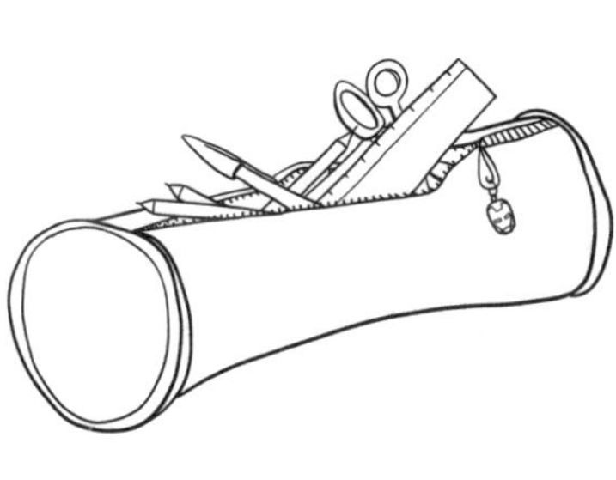

Il a pris ma feuille et a appelé Jules :

– Psst, psst, Jules. Regarde ! Cool !

– Waouh ! C'est qui ?

– Captain America.

– Connais pas. C'est un copain de Superman ?

J'aurais voulu lui répondre mais la Rascasse nous regardait de son œil sévère.

À la récréation, Jules est venu vers moi. Il souhaitait savoir qui était Captain America. Je lui ai raconté son enfance difficile, l'armée, la guerre. Je leur ai aussi parlé de Diablo, mon préféré.

Lui et Jérémy étaient très impressionnés, surtout par sa fourrure.

Je crois bien que c'était la première fois que je discutais de mes super héros avec quelqu'un d'autre que papa ou Fredo. Les mots venaient sans difficulté, ils se bousculaient dans ma bouche. Quand la cloche a sonné, j'ai trouvé que la récréation avait été trop courte.

En montant les escaliers, Jules s'est exclamé :

– Ça doit être génial d'être un super héros !

Fredo s'énerve

En rentrant, je suis passé par le square. Je voulais voir Fredo pour qu'il me signe ma copie. Il était assis sur son banc.

– Salut, p'tit gars. Ça va ?

– Bof ! La Rascasse nous a rendu notre rédaction. Tu sais, celle sur Captain America.

– Ah ouais, j'me souviens. C'était sympa ce que tu avais écrit. Alors ?

– J'ai eu 5/20. Elle n'a rien compris. Regarde ce qu'elle a mis. En plus, je ne sais pas ce que ça veut dire « altruiste ». Et toi ?

– Nan, je ne sais pas. La Rascasse, elle doit être drôlement ennuyeuse. Et puis quand même, on le sait que Captain America est un personnage imaginaire ! Mais on s'en fout ! Ce n'est pas ça qui compte. J'ai bien envie de lui mettre un commentaire à ta maîtresse !

– Ce n'est pas la peine. Je crois qu'on ne peut pas la changer.

Je n'avais pas très envie que Fredo lui écrive un mot. Parce qu'après ça ferait un tas d'histoires et moi, ce que je veux vraiment, c'est devenir invisible aux yeux de la Rascasse pour un petit moment.

Mais Fredo, son problème, c'est qu'il est franchement têtu. Il a pris ma copie et il a écrit :

Madame,
Ce qui compte n'est pas la réalité du personnage mais les valeurs que Nathan admire.

Et puis il a signé.

– Tiens. On va voir ce qu'elle dit de ça ! Faut pas le chercher le Fredo !

Je ne savais pas trop comment réagir. Je voyais bien qu'il n'était pas en forme, Fredo. Cela lui arrive parfois et, dans ces cas-là, il s'énerve.

– La semaine prochaine, j'ai une évaluation sur le système solaire, j'ai tenté. Je n'y arriverai jamais. Impossible de retenir l'ordre des planètes !

– Il te faudrait un super pouvoir, alors. C'est lequel celui qui apprend méga vite ? m'a demandé Fredo.

Fredo ne retient jamais le nom des héros, encore moins leurs super pouvoirs.

J'ai beau lui apporter mes revues, lui montrer mes fiches, le seul dont il se souvienne à peu près c'est Superman. Une fois, je suis resté deux heures à lui expliquer. J'avais apporté des craies et je dessinais par terre. Je lui faisais répéter chaque nom et chaque super pouvoir.

On avait bien rigolé mais il n'avait rien retenu sauf la super vitesse de Superman.

– Enfin, c’est Superman celui qui retient tout ! Tu as encore oublié ! j’ai répondu en riant.

La maîtresse nous a donné un truc pour retenir l’ordre des planètes, mais même son truc je n’arrive pas à m’en souvenir.

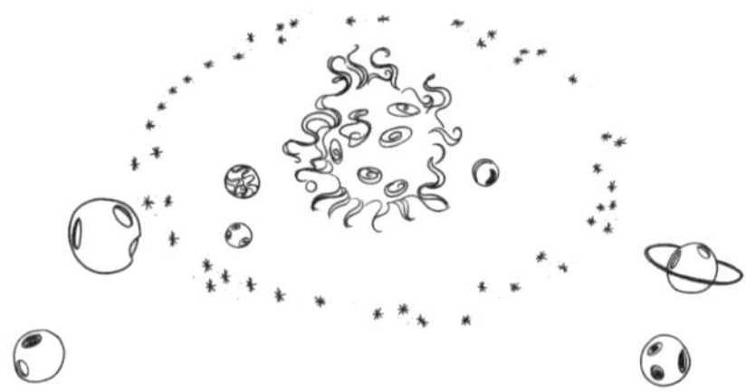

– Vas-y toujours.

– Ben voilà. Mercredi pour Mercure, vendredi pour Vénus, dimanche on se repose sur la Terre et après ???

– Lundi pour la Lune, a continué Fredo.

– Ben non, parce que la Lune ce n’est pas une planète.

– C’est vrai.

– Tu vois, c’est pas logique.

– Attends un peu… Moi je me souviens qu'on répétait une autre phrase… Mais faut que ça me revienne. Tais-toi, tu veux.

On est restés silencieux un moment. Je n'osais pas parler. J'attendais. Fredo a fermé les yeux. Je me demandais s'il dormait ou s'il réfléchissait. Puis soudain, il a lancé :

– Mon vaisseau te mènera jeudi sur un nuage.

Je l'ai regardé. Je devais avoir un air ahuri car il a ri :

– C'est la phrase, bêta ! La phrase pour les planètes. Chaque première lettre te donne le nom de la planète. « Mon » pour Mercure, « Vaisseau » pour Vénus,

« te » pour Terre et ça continue jusqu'à Neptune. C'est une phrase écrite pour toi. Tu t'en souviendras ?

– C'est sûr.

– Bon, ben, moi faut que j'y aille. Salut, p'tit gars.

Il s'est levé, a ramassé ses sacs et il est parti.

– Salut, je lui ai crié, et merci !

Moi aussi il fallait que je rentre. Sur le chemin de la maison, je me répétais la phrase que Fredo m'avait donnée. Je murmurais : « Mon vaisseau te mènera jeudi sur un nuage » et je trouvais ça chouette. Fredo, c'est un peu un poète.

Je réfléchissais aussi à ce qu'il avait écrit sur ma copie, aux valeurs que je pouvais admirer. Je ne comprenais pas très bien. Ce qui me plairait, c'est d'avoir des super pouvoirs pour me simplifier la vie, rien d'autre.

Un week-end en famille

Quand je suis arrivé à la maison, la radio marchait très fort et j'ai compris que ma sœur était rentrée pour le week-end.

– Salut, Spider ! a-t-elle lancé.

Elle m'a frotté la tête comme pour faire un shampooing et elle m'a soufflé :

– Tu m'as presque manqué ! C'est dingue !

– Moi aussi, tu m'as manqué. C'est cool que tu sois rentrée.

Anna et moi, on ne partage pas grand-chose. Elle écoute de la musique fort, moi j'aime plutôt le silence. Elle passe son temps au téléphone à discuter avec ses amis ou à sortir avec eux. Moi je préfère rester à la maison.

J'ai bien essayé, une fois, de lui parler de mes héros. Elle m'a dit : « J'y comprends rien à tes trucs de super héros et je trouve ça complètement naze, mais si ça t'éclate, c'est le principal ! » Depuis, elle m'appelle Spider. Cela énerve maman. Nous, ça nous fait rire !

J'étais content de la retrouver. On a chahuté sur le canapé, comme avant.

On a mangé tous les trois. Un vrai repas. Maman a cuisiné un poulet en cocotte. C'est notre plat de fête, notre plat du dimanche, sauf que maman trouve que c'est nul de mijoter un repas spécial le dimanche. Alors elle le prépare toujours un autre jour !

Anna a raconté ses aventures en Allemagne. Elle a déjà des tas de copines. Anna adore être avec les gens. Elle n'est jamais seule même quand elle ne connaît personne. En plus, elle est jolie. Elle a de longs cheveux roux et des yeux verts en amande. Je crois qu'elle a aussi beaucoup de copains mais qu'elle ne veut pas en parler. Elle était super contente de ce qu'elle découvrait là-bas. Maman était ravie.

Je les écoutais d'une oreille distraite, la phrase que Mme Placet avait écrite sur ma copie tournait dans ma tête. Au bout d'un moment, j'ai demandé :

– Ça veut dire quoi, altruiste ?

– Penser aux autres, être généreux, a répondu maman.

– Tout le contraire d'égoïste, a précisé Anna.

– Ah ! Bon.

Je ne comprenais toujours pas pourquoi ma maîtresse avait utilisé ce mot sur son appréciation. Anna a vu que son explication ne me convenait pas.

– Tu n'as pas l'air convaincu ! À propos de quoi parles-tu d'altruisme ?

Je leur ai raconté ma rédaction et l'appréciation de Mme Placet. J'ai menti quand maman a voulu lire ma copie.

– Je l'ai laissée dans mon casier. Je te la montrerai la semaine prochaine.

– Et tu as eu combien ?

– J'ai eu 9.

Bon, là aussi j'ai menti mais je savais que, si je disais la vérité, maman risquait de se mettre en colère. D'ailleurs, elle s'est énervée quand même :

– Nathan, il faut que tu arrêtes avec tes histoires de super héros. Tu as dix ans et l'année prochaine tu entres au collège. Grandis un peu. Si tu ne te décides pas à changer, je vais finir par demander à ton père d'arrêter les abonnements.

Heureusement, Anna est venue à mon secours :

– Si tu voyais les petits-déjeuners là-bas, c'est incroyable. Il y a des céréales, de la saucisse, du fromage... Et Friga nous fait presque tous les jours de gros gâteaux à la crème chantilly. C'est super bon mais à ce rythme, je vais prendre des kilos.

Et les kilos, ça angoisse maman. Elles sont alors parties dans une discussion sur l'équilibre des repas, les dépenses caloriques. Anna m'a adressé un discret clin d'œil. J'étais sauvé pour ce soir.

Quand je me suis couché, j'étais inquiet. La menace de suspension de mes abonnements revenait de plus en plus souvent...

Des symptômes inquiétants

Cet après-midi, maman est allée en ville assister au vernissage d'une amie, dans une galerie d'art. Cela m'avait bien tenté de l'accompagner juste pour les petits fours.

Mais elle m'a prévenu que, connaissant sa copine, il y aurait simplement un paquet de chips. Finalement, j'ai préféré rester à la maison.

Anna est partie après, elle avait rendez-vous avec ses copines de Lille. Je me suis retrouvé seul. J'ai traîné un moment sur mon lit à bouquiner et puis j'ai décidé de jouer à un jeu sur l'ordinateur.

J'étais en train de combattre aux côtés de Superman quand je me suis senti très mal. J'avais des frissons, mes dents se sont mises à claquer toutes seules, mon corps était parcouru de tremblements. Je me suis couché sur le canapé. J'avais chaud et froid en même temps.

J'ai commencé à m'inquiéter. Je n'arrivais pas à contrôler le claquement de mes dents. J'ai regardé mes mains. J'ai vu un bouton rouge sur mon poignet. Il y avait une trace très nette de piqûre.

C'était légèrement gonflé et, à bien y réfléchir, cela me faisait mal. Si ça se trouve, une araignée était venue me piquer pendant la nuit.

J'ai fermé les yeux. La transformation finale allait enfin se produire. Cela me faisait un peu peur, bien sûr. Je me demandais ce qui allait changer en premier. J'ai touché mes oreilles.

À ce moment-là, le téléphone a sonné. C'était maman.

– Nathan, ta sœur est partie ?

– Oui, j'ai répondu d'une petite voix.

– Ça va ? Tu as l'air bizarre. Qu'est-ce qui se passe ?

– Je ne me sens pas bien. J'ai chaud et froid. Je tremble.

– Bon, je rentre tout de suite. Si ta sœur appelle, dis-lui que je suis sur la route et que je ne pourrai pas la rejoindre.

J'ai raccroché. Je m'en voulais un peu. Je n'avais pas été très courageux. J'aurais dû attendre, seul, que les choses se passent. Mais c'était plus fort que moi, savoir que maman arrivait me rassurait.

Quand elle est entrée, je grelottais sous la couverture. Elle a pris mon pouls, tâté mon front et elle m'a annoncé d'un air sérieux :

– Tu as une bonne grippe. Elle arrive tôt cette année. Tu es bon pour rester trois jours au lit.

Maman, grâce à son métier, en connaît un rayon sur les maladies. Il y a des chances qu'elle ait raison. Je lui ai quand même montré le bouton que j'avais sur le poignet.

– Ce n'est rien. Tu n'as jamais vu de piqûre de moustique ?

Puis elle m'a donné un verre d'eau, un cachet contre la fièvre et elle s'est assise à côté de moi.

J'étais déçu. J'avais cru que la mutation allait enfin se produire. Je m'étais imaginé que peut-être mon expérience avec le micro-ondes avait réussi ou que tout simplement j'avais atteint l'âge de muter. J'allais enfin être un super héros. Mais, en fait, j'avais juste une super grippe.

Les larmes m'ont submergé. On aurait dit qu'un barrage avait lâché. Au fond de moi, je savais que maman avait raison, je ne serais sûrement jamais un super héros, ce ne sont que des histoires pour rêver.

Elle m'a pris la main :

– Ne pleure pas, Nathan. Je vais rester avec toi.

Je me suis calmé. J'ai arrêté de lutter et je me suis endormi.

Un secret à moitié révélé

Je suis retourné à l'école le jeudi. J'avais oublié l'histoire de la rédaction de Captain America. Pas Mme Placet.

– Te voilà rétabli, Nathan ? Je souhaiterais voir ta copie signée.

– Voilà, j'ai marmonné en lui montrant de loin ma copie.

Avec mon poignet, j'ai essayé de cacher ce que Fredo avait écrit. Mais avec son regard qui louche, la maîtresse voit mieux que personne.

– Montre-moi ça, Nathan, a-t-elle dit en attrapant ma feuille.

Et elle a lu la remarque de Fredo. Elle a fait une moue terrible. La classe entière a tremblé.

– Qu'est-ce qu'il se passe ? m'a demandé Jérémy.

– Je t'expliquerai après.

La maîtresse m'a regardé avec insistance.

– Tu me donnes ton carnet de correspondance ? Je vais devoir rencontrer ta maman.

C'était la catastrophe. Je savais bien que l'idée de Fredo était une mauvaise idée. Moi qui voulais devenir invisible, c'était complètement fichu.

– Elle travaille beaucoup, elle ne pourra pas venir.

– Eh bien il faudra qu'elle trouve le temps. C'est dans ton intérêt, a répliqué Mme Placet en me rendant mon carnet. Toutes les mamans ont du temps quand il s'agit de leur enfant.

Elle avait écrit : « Madame, il me semble indispensable que nous nous rencontrions pour discuter des difficultés de Nathan. Je vous propose… »

Comment est-ce que j'allais me sortir de cette histoire ? Je n'ai montré mon carnet de correspondance à maman qu'au début de l'année pour l'assurance et pour la date de la réunion de présentation de la classe.

Depuis, c'est toujours Fredo qui signe mon carnet, pour les punitions, les retards, les mauvaises notes, pour presque tout en fait.

Je n'ai pas réussi à me concentrer sur la leçon de français, ni sur celle d'après.

Au début de la récréation, je suis resté seul dans mon coin car je me sentais très mal. J'imaginais la tête de ma mère. Elle a horreur du mensonge. Et là il me semble bien que je les avais accumulés. Qu'est-ce que j'allais pouvoir raconter pour ma défense ?

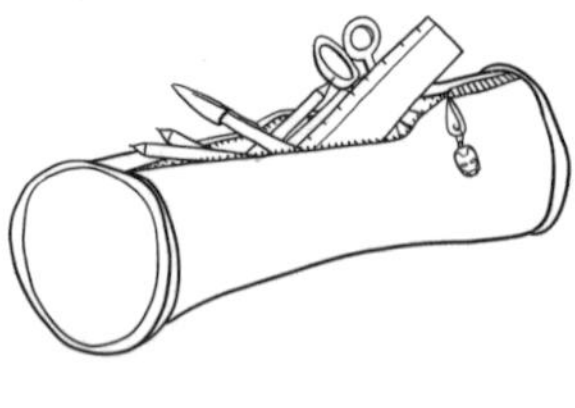

Jérémy et Jules sont venus me voir.

– Qu'est-ce qui t'arrive ?

J'ai pensé que, eux, ils pouvaient comprendre. Je leur ai déballé pas mal de choses. Pas tout, j'ai arrangé la vérité.

– Ben, depuis quelque temps c'est moi qui signe mes copies et mon carnet. Et la maîtresse veut un rendez-vous avec ma mère. Alors qu'elle ne sait pas que j'ai eu 5 à la rédac, encore moins que j'ai eu une punition.

– Mince alors ! Toi, t'as un sacré cran ! s'est exclamé Jérémy.

– Bah… Tu sais, c'est surtout parce que c'est plus pratique. Ma mère rentre tard ou des fois elle n'est pas à la maison.

– Quand même !

J'ai vu qu'il était impressionné. Ça m'embêtait de leur mentir mais, vous comprenez, je ne savais pas comment leur parler de Fredo.

– N'empêche que maintenant je suis coincé, j'ai ajouté.

– C'est sûr. Faut qu'on te trouve une solution.

Jules m'a regardé.

– Moi, si je faisais un truc pareil, je crois que ma mère me massacrerait. Montre ton carnet.

Je l'ai sorti. Je leur ai montré les nombreuses fausses signatures.

– Ça ressemble à une signature d'homme, a remarqué Jules.

– Ben, voilà la solution. T'as qu'à expliquer à ta mère que c'est ton père qui a signé, a proposé Jérémy.

– Impossible. Mon père ne vit pas en France. Je ne le vois que l'été.

– Ah ! Alors c'est plus compliqué.

Ils sont restés silencieux mais ils cherchaient une solution pour me sortir du pétrin et ça m'a fait du bien.

Le reste de la journée a duré une éternité. Je n'arrivais pas à me concentrer. Je passais et repassais dans ma tête les différentes solutions.

⅄ Première solution : tout avouer à maman mais cela me semble trop difficile. La punition sera forcément terrible. Je ne veux pas qu'elle supprime mes abonnements et il est presque certain que ce sera sa première décision.

⅄ Deuxième solution : demander à Fredo de jouer le rôle de mon père. Mais là aussi, c'est trop compliqué. Il faut acheter des habits propres et qu'il passe chez le coiffeur. Surtout, j'ai peur qu'il s'énerve beaucoup trop. Et puis Mme Placet n'est pas bête. Elle finira par découvrir qu'il n'est pas mon père.

⅄ Dernière solution : ne rien dire à personne en espérant que la maîtresse finisse par abandonner. C'est le plus simple mais il y a peu de chances que ça marche.

À la fin de la journée, j'ai décidé de me montrer courageux pour être à la hauteur de mes super héros : j'allais affronter la Rascasse dans un dernier grand combat.

Pour en sortir vainqueur, j'avais besoin de Fredo. Je suis passé par le square avant de rentrer à la maison. Il fallait que je me dépêche car la nuit tombait déjà et il commençait à faire froid.

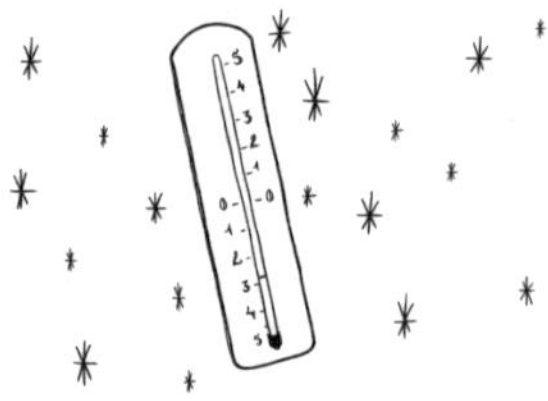

Fredo sommeillait, emmitouflé dans une couverture. Je l'ai réveillé doucement.

– Fredo, Fredo, c'est moi Nathan.

– Hein, quoi ? a-t-il dit en sursautant.

– Fredo, j'ai besoin de toi.

Quand je lui ai expliqué la réaction de la maîtresse à la lecture de son mot, il s'est mis en pétard.

– Ah elle veut me rencontrer ? Elle n'a peut-être pas compris ce que j'ai écrit ! Je ne m'exprime pas assez bien, sans doute ? Pas de problème, c'est quand elle veut !

– Fredo, le prends pas mal mais tu ne peux pas venir à l'école. Ça va t'attirer des histoires et à moi aussi.

Fredo s'est calmé.

– Ouais, t'as raison. Qu'est-ce que tu veux que je fasse ?

– Écrire un mot. Tu comprends, si j'en parle à maman, elle sera trop énervée. Alors tu écris un mot à sa place, pour expliquer que tu travailles trop, que tu n'es pas disponible.

Et c'est exactement ce que Fredo a écrit. Il a été très poli.

Madame, je vous suis reconnaissante de prendre soin de mon fils. J'aimerais moi aussi vous rencontrer, mais en ce moment mon agenda est surchargé. Une autre fois, peut-être.

– Faudrait ajouter merci, tu ne crois pas ? j'ai suggéré.

– Et puis quoi encore ? Faut lui montrer qu'on n'a pas peur d'elle.

– Merci Fredo.

– De rien, p'tit gars. T'as pas une petite pièce pour boire un coup ? J'ai les os tout froids.

Je lui ai donné deux euros et je suis rentré à la maison, le cœur lourd.

Le début de la fin

Le lendemain, je tremblais un peu en arrivant à l'école. Jules et Jérémy m'attendaient devant la grille. Ça commençait à devenir une habitude et j'aimais bien.

– Alors, comment elle a réagi, ta mère ? m'a demandé Jérémy.

– Rien, je ne lui ai rien dit.

J'ai sorti le carnet et je leur ai montré le mot.

– Toi, tu ne te dégonfles pas ! a déclaré Jules avec une certaine admiration.

C'était déjà l'heure de rentrer en classe. Je me suis armé de courage pour défier la Rascasse et je lui ai tendu mon carnet de correspondance. Elle a lu la réponse que Fredo avait écrite. Elle est devenue toute pâle. Elle m'a fixé droit dans les yeux. J'ai soutenu son regard.

– Maman est vraiment désolée mais elle n'est absolument pas disponible en ce moment. Elle s'excuse.

– Bien. Regagne ta place, Nathan.

Je me suis dirigé vers ma chaise la tête haute, sous le regard ébahi de Jérémy et Jules. Je crois que même Gaspard était surpris par mon courage. C'était ma petite minute de gloire.

– T'es un héros ! m'a chuchoté Jules. Regarde la tête de la maîtresse.

C'est vrai qu'elle faisait une drôle de tête. Une moue bizarre. Elle n'avait jamais autant ressemblé à un poisson.

Finalement, cela avait été très simple. Il n'y avait même pas eu de combat. Mme Placet avait rendu les armes sans résister. La transformation n'a pas encore eu lieu mais je commence petit à petit à me sentir un super héros.

Moi, Nathan Capitaine, j'ai terrassé la Rascasse… Jérémy et Jules le racontent à qui veut l'entendre. Je suis en train de devenir une légende !

En fait, j'aurais dû me méfier.

Quand je suis rentré à la maison, maman m'attendait, assise, à la table de la cuisine.

– Nathan Capitaine ! a-t-elle crié. Viens ici immédiatement.

Je me suis assis parce que je sentais mes jambes chanceler.

– Tu n'as rien à me dire ?

Et là, vous voyez, je ne sais pas pourquoi, au lieu de tout avouer, j'ai bredouillé simplement :

– Non, maman, rien de spécial.

– Monsieur Modini, le directeur de ton école, m'a appelée cet après-midi. Il paraît que ta maîtresse, madame Placet, est extrêmement choquée par mon refus de la rencontrer. Montre-moi ton carnet de correspondance, Nathan !

J'ai sorti mon carnet et tout s'est écroulé. Car elle a aussi voulu voir ma rédaction. Elle a lu chaque mot attentivement, en secouant la tête.

– Qui a écrit ces phrases ? Qui a signé ? a-t-elle demandé. Je ne reconnais pas ton écriture.

Elle était très en colère. Je ne l'avais jamais vue autant en colère.

– C'est Frédéric, j'ai murmuré d'une voix basse.

– Qui ça, Frédéric ?

– Ben… Fredo, celui du square.

– Fredo ! Mais comment c'est possible ? Qu'est-ce que tu fabriques avec lui ? Quand le vois-tu ? Depuis combien de temps ?

Maman me posait des tas de questions qui se bousculaient dans ma tête. Je ne savais pas quoi répondre.

– Tu dis toujours que je peux lui parler, alors souvent quand je rentre de l'école, je passe le voir et on bavarde.

– Enfin, Nathan, il y a une différence entre saluer quelqu'un et discuter avec lui. Je ne t'ai jamais donné l'autorisation de rester avec lui.

– Je croyais…

– Tu croyais mal, a répliqué maman.

– Mais quand même, il m'aide pour mes devoirs ! j'ai répondu pour défendre Fredo.

– Parce que tu trouves qu'il t'aide ? Enfin, regarde ta rédaction sur Captain America. Je ne sais pas ce que je vais faire de toi. Va dans ta chambre !

Je n'ai pas résisté. Quand elle est en pétard, ce n'est pas la peine de discuter. Je me suis écrasé sur mon lit. J'étais triste et en colère. Bien sûr, pour les signatures, les mots, je comprenais que maman s'énerve mais pour Fredo, je la trouvais injuste. Moi, je l'aime bien, Fredo.

J'ai regardé mes super héros, alignés sur les étagères de ma chambre. Eux aussi, ils ont souvent été incompris. Je me sentais si proche d'eux ce soir.

Punitions en cascade

À mon réveil, maman m'a annoncé les nouvelles mesures qui allaient changer ma vie.

1) Je dois aller à l'étude surveillée tous les soirs jusqu'à 17 h 30.

2) Si personne ne peut venir me chercher, je dois rentrer directement à la maison sans faire aucun détour. En arrivant, je passe chez Franceline pour l'informer que je suis là.

3) Un soir par semaine, une étudiante viendra m'aider pour mes devoirs.

4) Tous mes abonnements sont suspendus.

5) Interdiction absolue de m'asseoir à côté de Fredo et même de lui parler.

Maman a pris rendez-vous avec Mme Placet et le directeur pour leur expliquer la situation. Depuis ce jour, ma maîtresse ne me lâche plus. Elle m'interroge systématiquement, vérifie mes devoirs, met des mots à maman que je fais signer par elle.

Le plus difficile dans son règlement, c'est la suspension des abonnements. J'ai appelé papa pour négocier avec lui. Mais lui aussi était très en colère. Il a répété la même chose que maman. Si je réussis à me racheter une bonne conduite, ils décideront de les relancer. Je dois tenir deux mois. En attendant, je lis et relis mes revues.

Mais ce qui me manque le plus, c'est de ne plus pouvoir discuter avec Fredo. Maman est allée le voir. J'ai voulu venir, elle me l'a interdit.

Quand elle est rentrée, elle a déclaré « Voilà, c'est réglé, fin de l'incident ». J'ai tenté d'en discuter avec elle. Je lui ai montré mon évaluation sur le système solaire. Si j'avais super bien réussi, c'était grâce à lui. Toute la journée je m'étais répété sa phrase magique : « Mon vaisseau te mènera jeudi sur un nuage. »

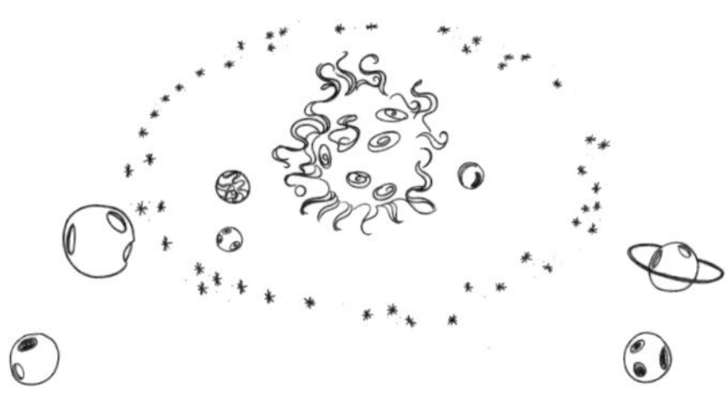

Alors quand la maîtresse avait demandé de remettre les planètes dans l'ordre, je n'avais pas hésité, je n'avais pas raturé, j'étais sûr de moi.

Fredo, il avait toujours de bonnes idées pour les devoirs. Et puis, ça me faisait rire quand il s'énervait sur une conjugaison ou sur un problème de maths.

Mais maman ne veut rien entendre. Elle dit que la place d'un enfant n'est pas à côté d'un SDF, d'un « sans domicile fixe », même si c'est vrai qu'il est gentil, que pour les devoirs, l'étude surveillée c'est très bien, que c'est comme ça, un point c'est tout, fin de la discussion.

Depuis, quand je croise Fredo, on se fait un petit signe de la main. Quelques jours après l'annonce des punitions, je m'étais approché de lui, j'avais trop envie de lui parler :

– Salut.

– Salut, petit gars. Ta mère a été très claire là-dessus. Faut pas que tu restes.

Il avait pris ses sacs et il était parti. Pendant trois ou quatre jours, je ne l'avais pas vu.

Il me manque vraiment. C'est trop dur de ne plus pouvoir bavarder avec lui. Je me demande avec qui il discute maintenant, je l'ai toujours vu seul. Et puis, c'est injuste qu'il ignore que j'ai réussi mon évaluation sur les planètes. Il fallait que je trouve un moyen de l'avertir sans désobéir.

Alors, j'ai décidé de lui écrire un petit mot. Voilà ce que j'ai noté :

Ta phrase magique,
ça a marché comme sur des
roulettes. J'ai eu 20.
Merci.

Je suis passé par le square et j'ai laissé tomber le papier juste à ses pieds. J'ai continué d'avancer comme si de rien n'était, au cas où Franceline m'aurait observé. Je me suis arrêté plus loin pour vérifier qu'il l'avait ramassé. Il le lisait et je l'ai vu sourire.

C'est comme cela que nous avons continué à nous parler. Avec mon système, il est au courant de pas mal de choses. De Julie, l'étudiante qui vient m'aider à faire mes devoirs : « Elle est gentille et je travaille bien mais avec elle ce n'est pas pareil. J'aimais mieux quand c'était toi ! » De l'école aussi : « Tu ne vas pas le croire, j'ai joué au foot à la récré avec Jérémy et Jules. C'était sympa. »

Je n'arrive pas souvent à passer par le square. Maman ou Julie viennent régulièrement me chercher. De petit mot en petit mot, je lui raconte un peu de ma vie.

De temps en temps, Louis, le fils de Franceline, me glisse un papier dans la main avec un clin d'œil. C'est Fredo qui le lui a donné : « Je suis content pour toi, p'tit gars » ou « Ils ont l'air sympa tes copains ». C'est vrai que je lui parle de plus en plus de Jérémy et Jules.

Depuis mon combat perdu contre la Rascasse, on est devenus inséparables. J'ai fini par leur parler de Fredo. Je crois que je les ai épatés : « Ben, c'est pas ordinaire », m'a dit Jules.

Maintenant quand j'arrive à l'école, je ne suis plus inquiet. Il m'arrive même d'oublier de réaliser mes tests à mon réveil et cela ne me perturbe plus. Je sais que Jérémy et Jules m'attendent. Ils essayent de m'intéresser au foot.

Les matchs ne me passionnent toujours pas mais j'aime bien les écouter. Moi, je leur parle de mes super héros. À la récréation, on discute ou on fait des parties de foot ou alors des combats. Je suis toujours Captain America, Jérémy Superman et Jules Iron Man. L'union de nos pouvoirs nous rend invincibles, demandez à Gaspard !

Un acte héroïque

Je respecte le nouveau règlement à la lettre depuis un mois. J'ai même réussi à avoir quelques bonnes notes. Maman est très contente. Elle essaie de rentrer moins tard à la maison et on passe plus de temps ensemble.

Mais ce soir, quand je suis rentré de l'école, j'ai trouvé un mot sur la table.

Je suis invitée à un anniversaire, je rentrerai tard.
Je t'ai acheté une pizza. Sois sage. Bisous.

Je me suis accordé une petite pause dans mes devoirs. J'ai joué à la console un long moment, puis j'ai réchauffé ma pizza. Je l'ai mangée en regardant les informations à la télé. Le journaliste a annoncé une alerte au grand froid. Les températures baissaient terriblement, on parlait de –14 °C pour cette nuit !

J'ai pensé à Fredo. Je l'avais aperçu tout à l'heure en passant par le square. Je lui avais adressé un petit signe. Comme il n'y avait personne, je m'étais approché de lui pour lui tendre une feuille. C'était ma dernière rédaction. La maîtresse nous avait demandé de raconter, sous forme de lettre, notre rencontre avec un ami. J'y avais passé beaucoup de temps et je la lui avais recopiée pour qu'il puisse la lire. Puisque je ne voulais pas enfreindre le règlement, je lui avais juste souhaité « bonne nuit ». Mais maintenant, je me demandais s'il avait trouvé un endroit chaud pour dormir. J'ai pensé à lui un petit moment et je suis allé me coucher. Emmitouflé sous ma couette, je n'arrivais pas à m'endormir. Quelque chose me tracassait.

Il était 22 h 30, et je ne dormais toujours pas. Je voyais Fredo sur son banc. Je ne pouvais pas rester dans mon lit, à attendre sans rien faire. Je voulais être certain que Fredo allait bien. C'était plus fort que moi. C'était comme si une force invisible me commandait.

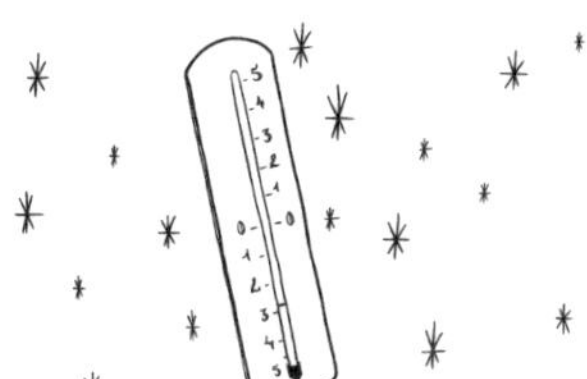

Je me suis rhabillé. J'ai préparé du café, j'ai rempli la Thermos, pris la grosse couverture pour les invités, je l'ai roulée dans mon sac à dos et je suis sorti.

J'ai vérifié que Franceline ne m'espionnait pas par la fenêtre. Il faisait déjà très noir. Le vent pinçait les joues et piquait les oreilles. Je suis resté quelques minutes devant la porte d'entrée de mon immeuble. J'étais un peu effrayé à l'idée de m'éloigner.

Dans la rue, il n'y avait personne. Un chat est sorti du buisson et j'ai sursauté. Il fallait que je me décide. J'ai commencé à marcher, le vent glacial me repoussait. Je suis allé derrière la station-service, juste à côté de chez nous.

La plupart du temps, c'est là que Fredo dort. Il s'est installé un petit endroit à l'abri des regards. Je l'ai trouvé totalement endormi. Je l'ai secoué doucement. Je voulais lui donner le café. Il n'a pas bougé. Je l'ai remué. J'ai compris qu'il se passait quelque chose d'anormal. J'ai réfléchi, pas longtemps. J'ai pris mon portable et j'ai composé le 15.

– Service d'urgence, bonsoir.

– Bonsoir. Je m'appelle Nathan Capitaine et je suis avec un ami qui a l'air très malade.

– Où êtes-vous ?

– Rue de la Bassée, derrière la station-service.

– Je vous envoie une ambulance.

J'ai aussi appelé maman. Je savais qu'elle allait se mettre en colère mais j'avais peur de rester seul dans la nuit et surtout j'étais très inquiet pour Frédéric. Tant pis pour mes abonnements. Elle a hurlé au téléphone :

– J'arrive, mon chéri!

J'ai mis la grosse couverture sur Frédéric. Je me suis assis à côté de lui. Je voulais lui parler, le rassurer. Mais j'étais terrorisé. Je me suis recroquevillé pour avoir le moins froid possible.

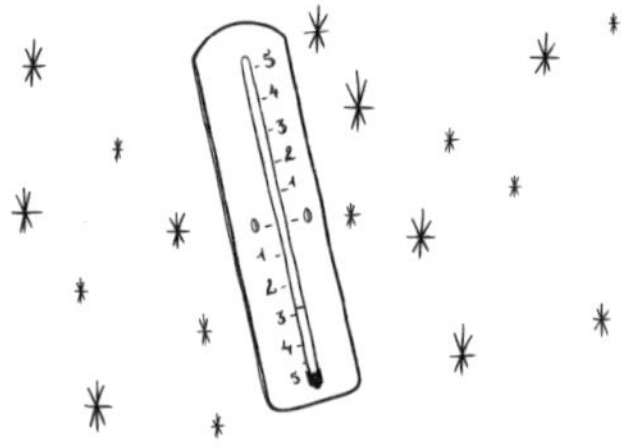

J'ai entendu l'ambulance approcher. J'ai fait des signes. Le médecin était une femme. Elle m'a regardé d'un drôle d'air.

– Qu'est-ce que tu fais dehors si tard, toi? m'a-t-elle demandé.

– C'est moi qui ai appelé, j'ai expliqué. Il s'appelle Frédéric.

Les secours se sont affairés autour de lui. Ils ont sorti un masque à oxygène, des machines avec des tuyaux. C'était très impressionnant. Heureusement, maman est arrivée à ce moment-là. Je me suis réfugié dans ses bras. On a attendu tous les deux.

Ils ont transporté Frédéric dans l'ambulance et le médecin est venu vers nous :

– Il va s'en sortir mais c'est une chance que tu sois passé par là.

Elle a ajouté :

– Tu t'appelles comment ?

– Nathan Capitaine.

– Capitaine, a-t-elle répété, tu as un nom prédestiné. Un nom de super héros.

Elle a regardé maman et a dit :

– Votre fils est quelqu'un de bien.

En rejoignant l'ambulance, elle m'a lancé :

– Il faudra passer à l'hôpital voir ton ami. À bientôt, Super Capitaine !

Maman et moi, on est remontés en silence à l'appartement. Je grelottais. Elle m'a préparé un chocolat chaud.

– Nathan, tu te rends compte de ce que tu as fait ? Sortir en pleine nuit, par ce froid, c'est très dangereux. Il aurait pu t'arriver n'importe quoi ! En même temps, je ne peux pas me fâcher, tu as sauvé Fredo. La prochaine fois, appelle-moi avant.

– Tu crois que ça va aller pour lui ? j'ai murmuré.

– Oui, bien sûr. Le médecin avait l'air confiant. Nous irons le voir demain.

Je suis parti me coucher. Je pensais à ce que m'avait dit le médecin : « Super Capitaine ». J'étais enfin devenu un super héros mais finalement, vous savez, ce n'était pas le plus important.

Je me suis endormi en pensant à Fredo. J'espérais qu'il allait bien. Je l'avais laissé entre de bonnes mains. J'étais certain que le médecin allait le sauver.

Super Capitaine

Je me suis réveillé en sursaut. Pendant quelques minutes, j'ai eu le sentiment d'avoir rêvé les événements de la nuit. Maman a passé la tête par la porte.

– Tu es réveillé, Nathan ? Comment te sens-tu ? a-t-elle dit doucement.

– Ça va. Je crois que j'ai beaucoup dormi, j'ai répondu en m'étirant.

Elle m'a confirmé que j'avais fait la plus longue grasse matinée de mon existence. Il était déjà 11 heures du matin !

Elle avait appelé l'école, prévenu son travail qu'aujourd'hui ni elle ni moi ne serions disponibles. Et surtout, elle avait téléphoné à l'hôpital pour prendre des nouvelles de Frédéric. Il allait mieux et pouvait recevoir des visites dès cet après-midi. J'avais hâte de le voir.

Pendant le repas, papa m'a appelé pour prendre de mes nouvelles. Je lui ai raconté mes aventures de la nuit. On a parlé un long moment. Je pense qu'il était fier de moi. À la fin, il a conclu en me disant :

– Captain America n'aurait pas fait mieux !

J'ai raccroché, le sourire aux lèvres.

Après nous sommes partis pour l'hôpital. Dans la voiture, mon cœur battait bizarrement, parfois très vite, parfois lentement. Pour tout vous dire, je n'ai jamais mis les pieds dans un hôpital et cela me bouleverse un peu.

Quand nous sommes arrivés, la dame de l'accueil nous a indiqué que Fredo était installé dans la chambre 612 et elle nous a expliqué le chemin.

On a pris l'ascenseur, on a parcouru de longs couloirs, on a pris à gauche puis à droite. Et puis on est arrivés devant sa porte, numéro 612.

On a frappé tout doucement. Frédéric était allongé sur le lit. Il avait l'air bien. Quand il m'a vu, il a souri.

– Alors, mon p'tit gars, il paraît que t'es devenu un super héros ! Ici, les infirmières t'appellent Super Capitaine !

Je lui ai serré la main et je lui ai collé un bisou sur la joue. Je crois que nous étions émus tous les deux.

– Ça va, p'tit gars, ça va.

Il y a eu un silence puis il a ajouté :

– Je te dois une fière chandelle. Merci.

– Je te devais bien ça, j'ai répondu.

– N'empêche... Fallait un sacré cran pour sortir en pleine nuit comme tu l'as fait... Moi, je ne me souviens de rien... C'est le médecin qui m'a raconté.

Il marquait une pause entre chaque phrase. Je sentais qu'il était encore fatigué par la nuit qu'il venait de vivre.

Une femme est entrée dans la chambre. Elle nous a regardés avec douceur et s'est dirigée vers maman. Elles ont discuté tandis que je continuais de tenir la main de Frédéric.

Être dans cette chambre m'intimidait. Je n'arrivais pas à bavarder avec lui comme sur le banc de notre square. Et puis, d'habitude, je lui racontais les petites choses qui m'étaient arrivées. Là, il savait déjà tout.

La femme s'est approchée de nous.

– Bonjour. Je m'appelle Eva Girar et je suis journaliste. Je connais une des infirmières, c'est elle qui m'a rapporté votre histoire. J'aimerais écrire un article sur votre aventure. Je peux vous poser quelques questions ?

J'ai interrogé Frédéric du regard.

– C'est la rançon de la gloire, mon p'tit gars.

– Parfait, a commenté la journaliste. Alors parle-moi de ce qui s'est passé.

Je lui ai tout raconté : la météo, mon inquiétude, le café, la couverture et le moment où j'avais trouvé Fredo.

Elle prenait des notes d'un air grave. Parfois, elle m'interrompait pour avoir une précision. C'était la première fois qu'un adulte m'écoutait avec autant d'attention. J'avais le sentiment d'être quelqu'un d'important. Je pensais à Jérémy et Jules. J'étais pressé de leur confier ce qui m'était arrivé.

Puis la journaliste nous a proposé de prendre une photo. Fredo n'était pas très emballé mais il a accepté pour me faire plaisir. Elle en a pris plusieurs. Fredo et moi n'étions pas très à l'aise. Eva a dit que c'était bien, qu'elle avait ce qu'il lui fallait.

– Voilà, je vous remercie. L'article paraîtra demain matin. Encore bravo, Nathan, tu es un garçon très courageux.

– Je n'ai accompli que mon devoir, ai-je déclaré.

Bon, je dois reconnaître que j'ai volé cette phrase à Captain America. Mais je me suis toujours demandé quel effet ça ferait de prononcer ces mots !

– C'est un sacré mec, ce p'tit gars, a assuré Frédéric. Un vrai héros ! Et ton super pouvoir, alors, c'est quoi ?

J'ai hésité un peu et puis je lui ai chuchoté à l'oreille :

– L'altruisme.

Fredo a éclaté de rire, moi aussi. Maman et la journaliste nous ont regardés avec un air surpris. Fredo a mis son doigt sur la bouche comme pour dire « chut ». Il avait raison, cela devait rester notre secret. Tous les super héros ont leur mystère…

Quand la journaliste est partie, maman s'est tournée vers Frédéric.

– Il faut qu'on trouve une solution pour votre sortie. Vous n'allez plus dormir dehors.

– Faut pas vous en faire, je dégotterai bien quelque chose, madame. J'aime pas déranger, vous savez, a bredouillé Frédéric.

– Nathan vous aime beaucoup, alors vous ne me dérangez pas.

– Vous avez un gentil p'tit gars, a-t-il ajouté en me tapotant la main.

Nous avons continué de discuter mais Fredo avait l'air fatigué. Nous sommes partis en lui promettant de revenir très vite. J'étais content que maman apprécie aussi Fredo et veuille l'aider.

– Tu sais, Nathan, je ne te promets rien. Ce n'est pas si simple, pour l'instant, je n'ai vraiment aucune idée.

Et moi je n'en avais pas plus qu'elle.

La lettre à un ami

Quand je suis arrivé à l'école, j'ai trouvé que l'ambiance était étrange. Dès que je m'approchais d'un groupe d'élèves, tout le monde s'arrêtait de parler en me regardant d'un drôle d'air. Je me demandais ce qui pouvait bien clocher avec moi.

J'ai vérifié que je m'étais correctement habillé, j'ai passé ma main dans mes cheveux pour vérifier qu'ils n'étaient pas hérissés mais tout avait l'air comme d'habitude.

J'ai cherché du regard Jérémy et Jules. Cela me surprenait qu'ils ne soient pas venus à ma rencontre, sans doute pensaient-ils que j'étais encore absent. Je me sentais de nouveau un peu seul au milieu de la cour de récréation.

J'en étais là de mes réflexions lorsque, soudain, les élèves de ma classe, conduits par Jérémy et Jules, se sont dirigés vers moi.

Ils m'ont encerclé et se sont mis à m'applaudir. J'avais les jambes qui tremblaient et la chair de poule. Jérémy a fait des gestes pour calmer l'enthousiasme de mes camarades. Quand le silence s'est installé, il a pris la parole :

– Pour Nathan, un héros pas comme les autres, hip hip…

– Hourra ! a repris la classe.

– Hip hip hourra ! a relancé Jules.

Jamais je n'aurais pu imaginer vivre un tel accueil. J'étais débordé par cette émotion qui m'envahissait.

Heureusement pour moi, la sonnerie a retenti. C'était l'heure de se ranger sous le préau. Jules et Jérémy m'ont attrapé par la manche.

– Regarde, t'es dans le journal !

Ils m'ont montré l'article d'Eva Girar, la journaliste que j'avais rencontrée avec Fredo. Il y avait une grande photo de nous deux et, au-dessus, le titre : « Nathan, un héros d'aujourd'hui. »

– C'est incroyable ton histoire. Moi, jamais j'aurais eu le courage de sortir dehors tout seul dans la nuit, m'a soufflé Jérémy.

– Tu sais, je l'ai fait pour Fredo. Je n'ai pas vraiment réfléchi. C'est comme si un signal de danger s'était allumé en moi.

– Quand même ! Un article pour toi tout seul, tu te rends compte !

Je n'ai pas eu le temps de répondre. La sonnerie retentissait pour la deuxième fois. Mme Placet est arrivée, elle m'a regardé avec un petit sourire et nous sommes montés en classe.

En déballant mes affaires, je me sentais embarrassé par ce sentiment de fierté que je ressentais, parce que, vous voyez, je n'ai jamais recherché la gloire, même si je trouve que c'est une sensation plutôt agréable.

La réalité m'a rattrapé lorsque la maîtresse nous a annoncé qu'elle allait rendre nos rédactions sur l'amitié. J'ai croisé les doigts. J'espérais que, cette fois-ci, je n'aurais pas une trop mauvaise note.

– Avant de les distribuer, je tiens à tous vous féliciter. J'ai lu de belles lettres. Et j'aimerais d'abord vous en lire une qui m'a particulièrement émue, a confié Mme Placet.

Jérémy m'a regardé et m'a chuchoté :

– On va encore avoir droit au talent incroyable de Gaspard !

Mme Placet s'est éclairci la voix et a commencé la lecture :

– « Cher Fredo, la maîtresse nous a demandé d'écrire une lettre à un ami et j'ai tout de suite pensé à toi...

Ça alors, c'était ma lettre que la maîtresse était en train de lire !

– ... La première fois que je t'ai rencontré, maman était venue me chercher à l'école et, comme il faisait beau, nous avions décidé de prendre le goûter dans le square de notre quartier. Tous les bancs étaient occupés sauf celui où tu te tenais. Tu m'as fait un sourire et tu as poussé tes sacs pour nous laisser de la place.

Maman m'avait acheté un énorme gâteau. Je ne voulais pas le manger comme ça devant toi. Je l'ai partagé pour t'en offrir la moitié. C'était notre premier goûter ensemble. Ce jour-là, nous n'avons pas parlé. On s'est vus tous les jours pendant quelque temps, un sourire ou deux, c'était tout.

Et puis, un après-midi, je me souviens, je rentrais seul de l'école, je me suis assis à côté de toi. Cela avait été une journée difficile pour moi. Tu m'as regardé et tu m'as dit "Ça n'a pas l'air d'aller, mon p'tit gars" et tu m'as donné un carré de chocolat. On a commencé à discuter et je crois que nous sommes devenus des amis.

À partir de ce jour, tu as écouté toutes mes histoires sans jamais te moquer ni te lasser de mes super héros. Tu trouvais toujours une solution, même si ce n'était pas la bonne, pour me sortir du pétrin. À chaque fois que je passais par le square, si tu étais là, j'étais rassuré. Avoir un ami, ça rend la vie plus moelleuse. Aujourd'hui, tu me manques… »

Pendant que la maîtresse lisait, tous les regards étaient tournés vers moi. Emma me regardait avec des yeux pleins d'admiration, j'avais envie de rougir.

– Nathan, je te félicite. Voilà une très belle rédaction. D'après ce que j'ai vu dans la cour ce matin, tes camarades sont au courant de ton aventure. Tu nous as donné une belle leçon de solidarité, a déclaré Mme Placet qui finalement ne ressemble pas tant que ça à un poisson.

Elle a distribué les copies et nous avons commencé la leçon sur le complément d'objet direct. J'étais sur un petit nuage. J'ai pensé à la phrase de Fredo : « Mon vaisseau te mènera jeudi sur un nuage. » Et justement on était jeudi !

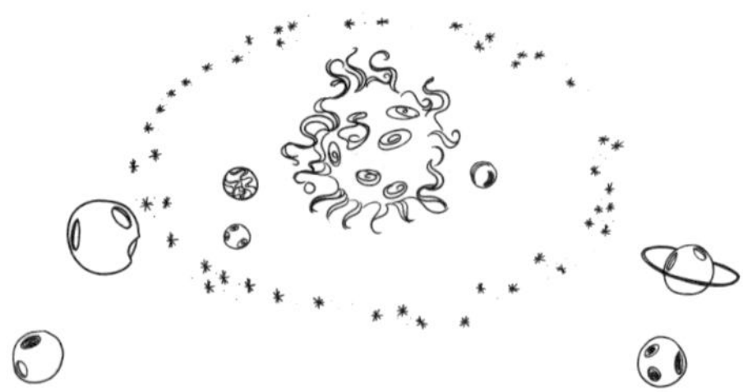

Quand l'heure de la récréation est arrivée, je n'avais pas écouté grand-chose. La maîtresse m'a demandé de venir au bureau.

– Nathan, je suis très admirative de ce que tu as fait. Mon mari travaille dans un foyer d'accueil pour les gens en difficulté comme ton ami. Voilà son nom et son téléphone. Dis-lui de l'appeler, il pourra certainement l'aider.
– Merci, madame.
J'ai pris la carte qu'elle me tendait et je suis descendu rejoindre mes copains. Elle n'est pas si méchante, finalement, cette maîtresse. Quand je vais raconter ça à Fredo, il ne voudra jamais me croire...

Dans la cour, Emma m'attendait.
– C'est formidable ce que tu as fait !
– Tu sais, je n'ai accompli que mon devoir, j'ai dit en gonflant le torse comme Captain America.

Elle m'a claqué un gros bisou sur la joue et elle est repartie rejoindre ses copines. Je suis sûr que j'ai rougi.

Jérémy et Jules sont arrivés en courant. Ils avaient plein de questions, ils voulaient connaître tous les détails. J'ai continué à leur raconter…

Je suis heureux. Pour la première fois de ma vie, j'ai de vrais copains. Samedi, je les emmènerai à l'hôpital pour leur présenter mon compagnon d'armes. Et puis, Super Capitaine, ça sonne bien, vous ne trouvez pas ?

TABLE DES MATIÈRES

L'AUTEUR

Catherine Lacoste est née en 1971 dans le Pas-de-Calais. Elle vit près de Lille. Toute petite, elle adore se raconter des histoires de princesses et de génies. Plus grande, elle oublie un peu la magie des mots jusqu'au jour où sa belle-sœur, Isabelle, lui offre un atelier d'écriture au cours duquel elle retrouve le plaisir de l'imagination et son pouvoir d'évasion. Encouragée par son mari et inspirée par ses trois enfants, elle met maintenant sur papier des histoires qu'elle souhaite attachantes et sensibles.

L'ILLUSTRATRICE

Marlène Junius est autodidacte en dessin. Elle aurait pu devenir pirate puisque ses études l'ont menée en Angleterre étudier les chants de marins. Ou bien père Noël puisque ses études l'ont aussi menée en Laponie. Mais non. Elle aurait pu devenir funambule puisqu'elle pratique danse et arts du cirque. Mais non. Elle aurait pu devenir aventurière et n'hésite pas à confier ses chats à ses parents pour aller capturer des dragons de mer feuillus en mer des Sargasses. Mais ça, c'est une autre histoire…

Retrouvez la collection
Rageot Romans
sur le site www.rageot.fr

PAPIER À BASE DE FIBRES CERTIFIÉES

RAGEOT s'engage pour l'environnement en réduisant l'empreinte carbone de ses livres. Celle de cet exemplaire est de :
539 g éq. CO_2
Rendez-vous sur www.rageot-durable.fr

Achevé d'imprimer en France en novembre 2014
par Jouve
Couverture imprimée par l'imprimerie Boutaux (28)
Dépôt légal : mai 2014
N° d'édition : 6234 - 02
N° d'impression : 2172074D